Sa Majesté la Maîtresse

Susie Morgenstern
Sa Majesté la Maîtresse

Illustrations de Catherine Rebeyrol

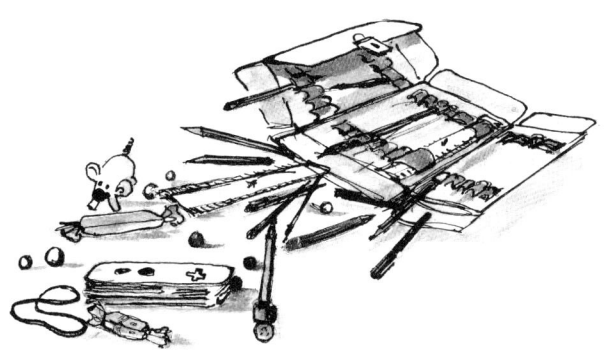

Mouche
l'école des loisirs
11, rue de Sèvres, Paris 6ᵉ

© 1993, Susie Morgenstern
Loi numéro 49 956 du 16 juillet 1949 sur les publications
destinées à la jeunesse : septembre 1993
Dépôt légal : octobre 1999
Imprimé en France par Jean Lamour à Maxéville

Pour Jojo

La maîtresse n'est pas une imbécile. Elle les voit et ils le savent. Ils font exprès de chuchoter à haute voix. Ils complotent, se passent des mots, cachent des paquets énormes. C'est toujours difficile en juin quand ils ont déjà un pied dans les vacances, mais cette année, cela dépasse les bornes.

Aujourd'hui, ce n'est pas la guerre ordinaire qu'elle combat d'un simple soulèvement du sourcil droit. Non, aujourd'hui il est impossible de les dompter. Madame Stylianos renonce à faire la Cocotte-Minute qui fait «Chuuuu-uu-uuttttt!» Les deux Nadège, inséparables, agissent avec une telle autorité qu'on dirait qu'elles ont le droit de papoter en plein cours de maths. N'empêche que la maîtresse ferme les yeux. Elle sait ce qui se fomente dans son royaume... quelque chose de pourri! Le pire, c'est qu'ils s'imaginent lui faire plaisir. Ils ne devinent pas sa peine.

La maîtresse parle souvent d'elle-même à la troisième personne comme Sa Majesté des Mioches. «Madame Stylianos vous demande de ne pas oublier votre cerveau la prochaine fois que vous déménagerez votre corps jusqu'ici ! » Institutrice depuis presque quarante ans, elle a fait toutes les classes du C.P. au C.M.2 Tous les

jours elle s'habille avec autant de soin qu'une reine. Si elle avait eu beaucoup d'argent, elle aurait acheté des tailleurs Chanel pour venir à l'école. Elle n'approuve pas tout à fait ses jeunes collègues qui arrivent en cours aussi débraillés que leurs élèves.

Elle ne comprend pas ses élèves avec leur hâte d'arriver en sixième avant même de vivre leur C.M.2 et elle ne supporte pas leur bougeotte. Ils veulent tous quitter la petite école, avancer et arriver au bout. Il n'y a que Madame Stylianos qui ne veut pas bouger. Et elle n'a pas la moindre intention de le faire.

«Tu as envoyé les invitations?» demande Drissia devant la maîtresse.

«Oui! À tous les anciens élèves aussi!» répond Aurélie.

« Il faut louer un stade alors ! »

« On va avoir la salle polyvalente. »

L'école des Mimosas n'est pas très belle. Tout ce que l'on pourrait dire en sa faveur, c'est qu'on ne la voit pas, tellement elle se fond dans le paysage au milieu de la cité des Mimosas. Il n'y a pas non plus un seul mimosa dans la cité sauf ceux sur le mur de l'école, avec leurs fleurs d'un jaune éclatant et cotonneux et, dans l'entrée, un vrai faux mimosa en plastique qui perd ses fleurs à cause des récoltes des passants.

La salle de Madame Stylianos, par contre, est très belle, une île verte dans la grisaille. Sur le rebord de la fenêtre poussent le basilic, la menthe, l'estragon et le romarin. Le mur au

fond de la classe est tapissé de livres qui circulent perpétuellement parmi les élèves. Chaque semaine, on fait la «promotion exceptionnelle» d'un écrivain mort ou vivant. Madame Stylianos fait la promotion permanente de son chéri, Victor Hugo, malheureusement mort. L'autre mur, c'est le musée où on inaugure les expositions des peintres, toujours morts. Les tables forment un rond. Sur chaque chaise, il y a un coussin fabriqué avec l'aide des parents pour mélanger le dur avec le doux, la maison avec l'école. Et sur une étagère, une bibliothèque très spéciale: vingt-six livres qui ont chacun un nom: Camille, Jahvia, Philippe, Carl, Kheira, Marty, etc.

Grégory, Stéphane, Djamel et

Joachim sont heureux de retrouver la classe tous les matins. La maîtresse aussi. C'est son univers, sa famille et elle l'aime.

C'est pour ça que «la retraite» est pour elle le plus grossier des gros mots.

Elle demande aux élèves: «Qu'est-ce que cela veut dire, "la retraite"?»

Les deux Sylvain, «fiancés» des deux Nadège, répondent ensemble: «C'est quand on ne travaille plus.»

Elodie dit: «C'est comme mon grand-père. Il va jouer aux boules tous les jours maintenant.»

Marjorie, impatiente, fière d'elle,

lève la main : « Ma mère dit tous les soirs : "Vivement la retraite". »

Julien : « Quand on a la retraite, on peut faire la grasse matinée tous les jours. »

« On peut aller au cinéma tous les soirs ! »

« On peut faire le tour du monde ! »

«On peut aller au Club Med!»

«Mes parents vont retourner au Portugal un jour, quand ils auront la retraite.»

À chaque nouvelle définition, Madame Stylianos se crispe.

«Encore heureux», pense-t-elle, «qu'ils ne fassent pas de moi une artiste peintre, une sur-douée tardive.»

Elle ne veut ni jouer aux boules, ni faire la grasse matinée. Elle n'a pas

la moindre envie de passer une semaine au Club Med, ni de faire le tour du monde, seulement le tour de son monde, les cinquante-sept mètres carrés de la salle de classe.

« La retraite », se dit-elle, « c'est la mort. » Elle pense que la deuxième définition de son dictionnaire est correcte : « Marche en arrière d'une armée après des combats malheureux. »

Ces « combats malheureux » ne sont pas ceux menés avec les élèves, mais avec l'administration, contre qui elle se bat pour remettre encore une fois cette retraite à plus tard.

« Voilà ! » dit-elle. « La retraite – la rétrogradation. » Elle barre la route à la minuscule larme qui a réussi à faire un bout de chemin sur sa joue. Elle avait toujours vécu à l'école. Même sa mère était institutrice. Toute petite, elle savait qu'elle le serait aussi. Où, d'ailleurs, pouvait-on trouver autant de variété, autant de mouvement, autant d'espoir réunis en si peu d'espace ? La population de sa classe représente, à elle seule, dix pays. Elle est la reine d'un petit royaume de sujets loyaux et obéissants.

Ou presque ! Camille, inspiré par le mur Matisse, verse dans l'oreille de Marty une nouvelle idée de cadeau :

« On peut lui acheter une boîte d'aquarelles. »

« Génial ! » proclame Marty, bien qu'il aime mieux sa propre suggestion d'offrir à la maîtresse son poids en bonbons pour au moins occuper sa bouche pendant la retraite. Ça va lui manquer de crier !

La maîtresse ramasse leurs devoirs.

Elle jette un coup d'œil sur le travail de François en le regardant tristement : « Tu as mis ton nom sur cette feuille. Si tu as mis ton nom, ça doit représenter le meilleur de toi-même. Si ça ne représente pas ton meilleur effort, qu'est-ce que

Madame Stylianos va te demander de faire ? »

« Elle va me demander de le refaire », répond François, qui a l'habitude, en reprenant sa feuille.

Madame Stylianos le contemple en se demandant comment il va savoir si on lui rend assez de monnaie au marché, ou comment il va un jour gagner sa vie, s'il ne fait pas attention à ce qu'elle dit. « Je ne peux pas creuser des trous dans vos têtes pour y verser les connaissances. Il faut que vous m'aidiez ! » Ce fut le signal pour de nouvelles conversations entre voisins. Même leur chahut lui est précieux. Une vague de tendresse la traverse. Elle n'a pas un enfant, elle en a eu 1238! Et elle en redemande. Tous les ans, elle colle la photo de classe dans son album de famille. Il a encore des pages. Vont-elles rester noires sans l'éclairage des visages?

Madame Stylianos fait le ménage. C'est normal. Elle vide la grande armoire et distribue le contenu: vieux manuels, matériaux divers pour fabriquer des objets, magazines pédagogiques. Elle ne jette jamais rien. «Ça peut toujours servir» est sa devise. Mais maintenant, «toujours» semble terminé, même demain n'est plus «toujours».

Les enfants ont bien vu l'intérieur vide et propre avant qu'elle la referme à clef. Ils ne l'ont pas vue en train de remplir l'armoire tous les matins avant leur arrivée. Ils ont juste aperçu la valise qu'elle emporte chez elle tous les soirs. Elle s'entraîne pour les voyages.

«Qu'est-ce qu'il y a dans la valise?» demande Joachim.

« C'est le passé qu'elle ramène à la maison », dit Lætitia.

« Mais non, elle a tout donné », dit Lobna.

« C'est la surprise qu'elle nous prépare », dit Tany.

Cette fois, il a raison.

La dernière interro se passe mal. Les notes sont catastrophiques. «Qu'est-ce qu'elle va vous faire faire, Madame Stylianos?»

«Elle va nous faire refaire!» répond la classe entière, heureuse d'avoir une deuxième chance.

Et puis la fête est là. La salle polyvalente est un arbre de Noël, un peu fané par le soleil de juin. Madame Stylianos porte sa robe neuve pleine de cœurs en couleur, autant que d'élèves qui ont peuplé sa classe. Elle ne les a pas tous aimés. Les enfants, ce sont des gens et on ne peut pas aimer tout le monde. Souvent son chouchou est le pire des cancres. Souvent ce sont les indifférents qu'elle supporte mal, ceux qui ont un pare-brise entre eux et la pluie de tout ce qu'il y a à apprendre.

Et Madame Stylianos aurait bien besoin d'un essuie-glace. Non, elle n'est pas surprise, mais elle est émue. Elle savait qu'il y aurait des anciens élèves et même les enfants de ces anciens élèves, comme si elle était grand-maîtresse. Elle pleure parce qu'elle ne sera pas arrière-grand-maîtresse.

Elle assiste au spectacle, elle accepte les cadeaux, elle boit le champagne, elle serre la main du maire et elle avale les gâteaux comme autant de pilules amères. Qu'est-ce qu'elle peut faire d'autre ? Elle arrose le tout de « merci » qui sont, en fait, des « non, merci. »

Les enfants, les grands, les collègues, les officiels, sont tellement excités qu'ils sont aveuglés. Ce n'est

pas tous les jours la fête à l'école ! Faire plaisir n'est pas une tâche facile surtout quand il s'agit de fêter une tragédie. Ils ont réuni «les souvenirs d'une maîtresse» dans un album. Djamel, toujours franc, a écrit: «J'ai été très déçu le premier jour d'école car j'avais rêvé d'une jeune maîtresse cool en jeans. Après, j'ai vu combien Madame Stylianos prenait son travail au sérieux. Je n'ai eu confiance qu'en elle. Elle veut vraiment qu'on s'en sorte. Un jour, je lui offrirai ma réussite contre ses efforts, c'est juré!»

Madame Stylianos lit et tend à Djamel un authentique merci. Elle sait que l'on ne peut pas tromper les enfants, ils ont le pouvoir de connaître un vrai cœur.

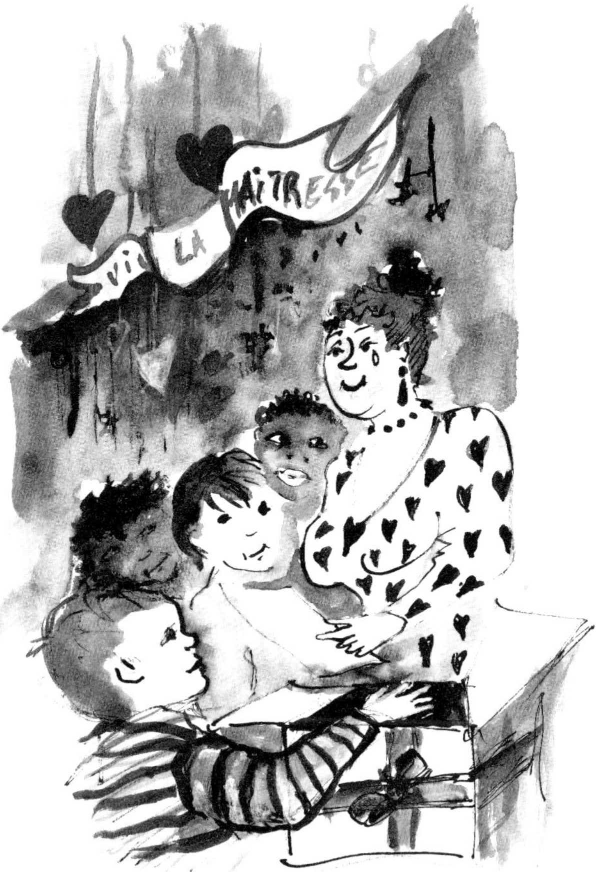
VI
LA
MAîTRESSE

En plus des cadeaux et albums collectifs, beaucoup d'enfants lui glissent des lettres et des cadeaux. Elle ouvre au hasard un paquet lourd. C'est une ancienne boîte de pois chiches remplie de pièces de vingt centimes. «Je les collectionne depuis trois ans. Je sais que vous n'irez pas loin avec ça, mais ça paiera le train jusqu'à Marseille. Bon voyage ! Carl. »

Elle pioche dans la pile et lit :

«Conseils :

1) Levez-vous tous les jours en proclamant : "Je vais sécher l'école ! Vive l'école des loisirs !"

2) Faites toutes les bêtises que

vous n'avez jamais osé faire. Ne soyez surtout pas sage !

3) Pensez : j'ai assez redoublé. Maintenant je vais sauter des classes… toutes les classes !

Gaëlle. »

« Il ne faut jamais sauter une classe ! » dit-elle à Gaëlle. « On pourrait aussi bien sauter la vie. »

Son mari la regarde. Il connaît sa peur. Ils ont l'habitude de se voir après l'école. Comment vont-ils pouvoir se voir maintenant *pendant* l'école ? Il fixe sa femme en lui chuchotant : « On s'habitue à tout », puis il ajoute : « Plus ou moins. » Lui, il est déjà à la retraite. Il n'a pas eu de mal à s'arrêter de travailler, car il travaillait dur.

Mais sa femme ne «travaille» pas dans sa salle de classe, elle y vit, elle y respire. Est-ce que l'on peut s'habituer à cesser de respirer?

Les doubles Nadège et les bi-Sylvain lui donnent une feuille marquée «Confidentiel». Elle lit: «Le manuel de chahut» où se trouvent tous les secrets de leur activité intense en C.M.2:

«1. On se frotte les yeux;
   2. On bâille;
   3. On croise et décroise les jambes;

4. On joue de la batterie avec le stylo ;

5. On pianote sur le bureau ;

6. On enlève bruyamment le matériel de la trousse ;

7. On le remet avec fracas ;

8. On fait rebondir les stylos ;

9. On se nettoie les oreilles ;

10. On se cure le nez ;

11. On bavarde avec le voisin ou avec un copain de l'autre côté de la classe ;

12. On se balance sur la chaise ;
13. On croise les bras ;

14. On fourre les mains sous ses aisselles ;
15. On s'affale ;
16. On fait des gribouillages ;
17. On grave des chefs-d'œuvre sur la table ;
18. On mâche les crayons ;

19. On se peigne avec les doigts ;
20. On se gratte la tête ;
21. On se mord les ongles ;
22. On grince des dents ;
23. On fait craquer ses doigts ;
24. On regarde sa montre ;
25. On compte les moutons ;
26. On mange des bonbons ;
27. On joue au morpion ;
28. On fait glisser les cahiers de haut en bas ;
29. On décolle et recolle le chewing-gum sous les tables ;
30. On lance des boulettes de papier ;
31. On creuse des trous dans les gommes avec le compas ;

32. On fait un levier avec la règle. »

Madame Stylianos reconnaît là les principales activités de ses élèves !

Ce dernier jour de classe se termine avec ces festivités douloureuses. La maîtresse est son propre trouble-fête.

Petit à petit, les parents et les élèves partent, les officiels les premiers.

Chacun dit un mot genre « Bonne chance ! » ou « Bonnes vacances », sauf qu'il n'y a pas de vacances s'il n'y a pas de travail.

Dernière convive à sa fête, Madame Stylianos remonte dans sa salle de classe et ouvre le grand placard.

Elle gonfle le matelas pneumatique et fait son lit devant la bibliothèque. Elle aménage une cuisine avec le réchaud et quelques ustensiles, installe la lampe de chevet sur une chaise, prépare sa chemise de nuit, fait un coin toilette, construit sa nouvelle maison. Son mari est le seul à être au courant. Elle ne quittera pas l'école. Après toutes les démarches et les demandes de report de retraite, la seule récompense fut de dire «Adieu!»

La gardienne, ayant vu la lumière, n'en croit pas ses yeux : la maîtresse, couchée sur un matelas pneumatique, par terre.

« Madame Stylianos, qu'est-ce qui se passe ? »

« Je reste à l'école. Je refuse la retraite ! »

«Mais c'est contre la loi!»

«Il faudrait faire d'autres lois!»

«Allez, Madame Stylianos, rentrez chez vous! On va faire des travaux à l'école. Vous ne pouvez pas rester là. Ne m'obligez pas à rapporter.»

«Faites votre travail. Ne vous gênez pas. Alertez qui vous voulez!»

Ainsi Madame Stylianos, bonne citoyenne, fonctionnaire modèle, très civique et obéissante aux lois de son pays, devient un hors-la-loi. Sa vie de bandit commence. Gaëlle lui a bien dit: «Faites toutes les bêtises que vous n'avez jamais osé faire.»

La nuit peuplée de mille fantômes entre six et onze ans n'est pas de tout repos. Le matin amène avec lui le soleil et l'orage : le directeur. Il discute, raisonne, parlemente. «Vous méritez des vacances, Madame Stylianos. Vous avez assez donné.»

La maîtresse conteste : «Qui ne donne rien n'a rien. Qui cesse de donner ne reçoit plus. Je reste ici.»

«Bon!» dit-il, manquant d'autres arguments. «Je reviendrai!»

La deuxième semaine de vacances, les ouvriers maçons font tomber des murs en répandant une poussière blanche. Le stock de nourriture de Madame Stylianos diminue. Mais la mère de Nadia se glisse dans la salle avec son couscoussier.

« Nous sommes avec vous, Madame. »

«C'est gentil. Telle mère, telle fille. Elle est très gentille, Nadia. Regardez ce qu'elle m'a écrit.»

La maman de Nadia prend la lettre à l'envers et fait semblant de la parcourir, mais la maîtresse se rend compte qu'elle ne sait pas lire le français.

Elle saisit un manuel et invite cette maman à s'asseoir en déclarant: «Je vais vous apprendre. Allons-y!»

Le lendemain, la maman de Nadia revient avec les mamans de Kheira, Jahvia et Drissia. Elles sont rejointes par la mère de Tany qui apporte des feuilles de vigne farcies. Elle suit timidement la leçon et revient avec son mari et sa voisine qui n'a pas d'enfants dans la classe. La gardienne ne dit rien.

Monsieur Stylianos vient manger ces bons plats avec sa femme tous les jours.

Paëlla, lasagnes et chorba se suivent dans un défilé de goûts exquis et de bonne humeur. En plus, ces nouveaux élèves apprennent vite. Ils attaquent déjà des vrais livres, et, plus que vrai, un livre de Victor Hugo lui-même.

Madame Stylianos n'a jamais eu d'aussi bonnes vacances, n'a jamais tant voyagé en restant sur place, à part dans les livres.

La g~~ ~~ autour de la salle. Le rêts à l'envahir. Le le couloir en s'arrachant les quelques cheveux qui

lui restent. C'est la première séquestration d'une maîtresse par elle-même. Il veut qu'elle s'en aille. Il n'a jamais eu de problème grave dans son école. Il veut appeler au secours, la police, les pompiers, l'anti-gang. Mais c'est un homme civilisé et il se contente de faire les cent pas en attendant qu'une solution tombe du ciel.

La seule qui tombe du ciel sera la pluie du mois d'août, elle trouble les travaux. Madame Stylianos a l'impression d'être installée pour la vie. Elle sait que la rentrée est inévitable. Elle sait qu'une nouvelle institutrice est nommée. Voilà ce qu'elle sait. Ce qu'elle ne sait pas, c'est ce qu'elle va devenir. Mais ses grands élèves viennent tous les jours. C'est une colonie de vacances pour parents.

Madame Stylianos aperçoit la maman de Camille en grande conversation avec le directeur qui s'essuie le front comme quelqu'un qui a trop couru. Et puis elle le voit arriver en plein milieu de sa leçon, rayonnant avec son idée tombée du ciel ou du cerveau de la mère de Camille.

«On va créer une classe pour adultes… tous les soirs après l'école.

Est-ce que cela vous intéresse, Madame Stylianos?»

Inutile de deviner la réponse. Pour l'inauguration de cette grande classe, il y a une nouvelle fête avec les élèves et leurs parents, trois maires, trois ministres, le directeur resplendissant, la gardienne soulagée et Madame Stylianos félicitée de tous côtés.

Voilà tout. Madame Stylianos fait la grasse matinée tous les jours, prend son temps toute la journée en pensant que ce n'est pas si mal, on peut s'habituer à tout. Et puis le soir, quand les enfants quittent l'école, la maîtresse se glisse dans sa classe et gronde ses grands élèves: «Qu'est-ce que Madame Stylianos va vous demander de faire si elle n'est pas contente?»

Ils répondent ensemble. Ils ont l'habitude.

« À refaire ! »

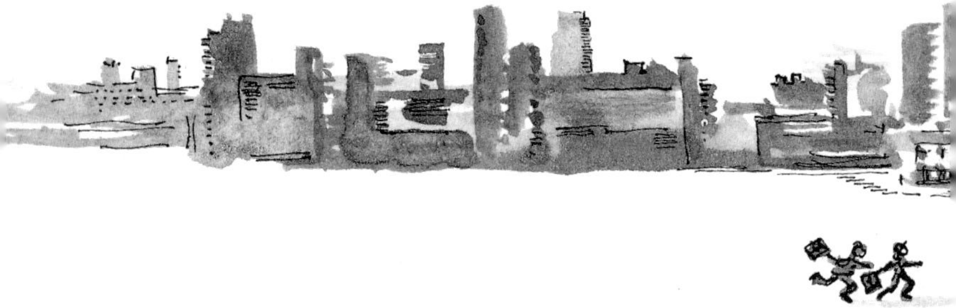

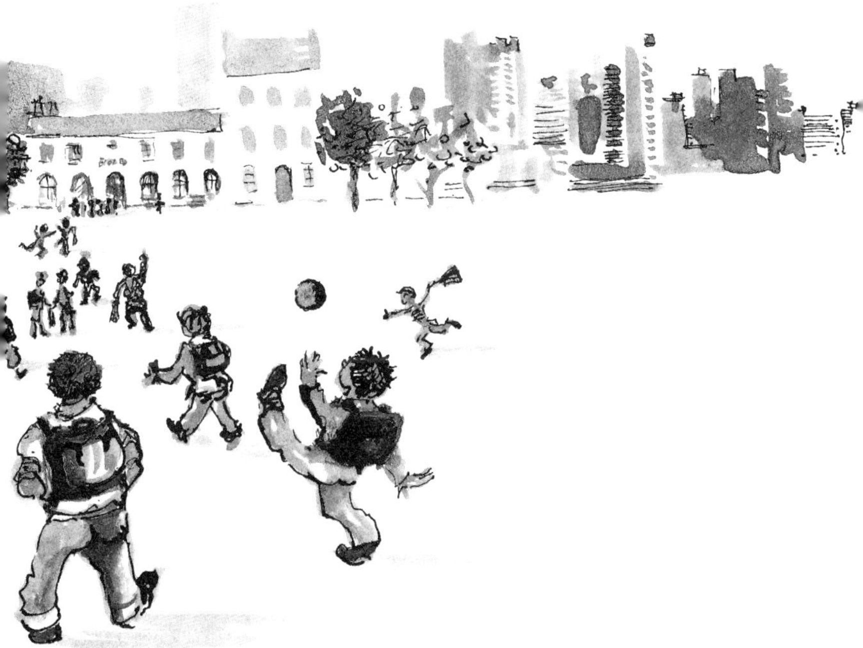